U0069511

知識公益的少女天使沈芯菱

文：林文芸
圖：林彥宇
圖：黃井欣

知識公益的少女天使：沈芯菱

作　　者　林文芸、林彥宇／文：黃卉欣／圖

專案主編　林榮威

出版編印　吳適意、林榮威、林孟侃、陳逸儒、黃麗穎

設計創意　張禮南、何佳諠

經銷推廣　李莉吟、莊博亞、劉育姍、李如玉

經紀企劃　張輝潭、洪怡欣、徐錦淳、黃姿虹

營運管理　林金郎、曾千熏

發 行 人　張輝潭

出版發行　白象文化事業有限公司

　　　　　412台中市大里區科技路1號8樓之2（台中軟體園區）

　　　　　出版專線：（04）2496-5995　傳真：（04）2496-9901

　　　　　401台中市東區和平街228巷44號（經銷部）

　　　　　購書專線：（04）2220-8589　傳真：（04）2220-8505

印　　刷　基盛印刷工場

初版一刷　2020年7月

定　　價　199元

I S B N　978-986-5526-52-8

缺頁或破損請寄回更換

版權歸作者所有，內容權責由作者自負

白象文化　印書小舖　PressStore　f

出版 · 經銷 · 宣傳 · 設計

自費出版的領導者

購書　白象文化生活館

www·ElephantWhite·com·tw

序

一讀此繪本，即愛不釋手地看完。因為被本書所介紹的：從小到

大，以自我能力和身邊有限的資源，用心解決社會弱勢者困境的

少女天使，沈芯菱所激動。她雖熱心於社會公益的實踐，但也不

忘記自我的成長和充實。不禁跳舞了讀者關懷社會和奮發向上的

熱忱。

此一用詞簡易，文意流暢的繪本，令人感動的是：來自於同樣關

懷社會公益，仍在就學中的文芸和彥宇姊弟的作品。書中文字雖

不多，內容卻精采而豐富，配合黃井欣老師的清爽圖畫，與文字

相得益彰。這真是一本不可多得，生動的生命教育教材。謹此向

大家推薦。

瑪利亞社會福利基金會董事長

莊宏達　醫師

第七屆醫療奉獻獎得主

第二屆捐珠台灣員獻獎得主

2020.05.10

有一位小女孩沈芯菱，家境雖然貧困，爸媽每年還是會幫她慶生。

1

她在小一的生日時，媽媽因為太忙而忘了慶生，讓她很難過。

媽媽為了補償她，讓芯芸裝許三個可以實現的願望。

2

她第一個願望，是在小二時坐火車，因為坐火車像雲霄飛車，也可以看到美麗的田野風光。

媽媽帶著她從嘉義坐火車到斗六，完成了她的第一個願望。

3

她第二個願望，是在小四時坐飛機，因為可以在天空飛翔，還有好吃的飛機餐。媽媽讓芯菱每天存五塊錢，一年後帶著她從台中坐飛機到台北，完成了她的第二個願望。

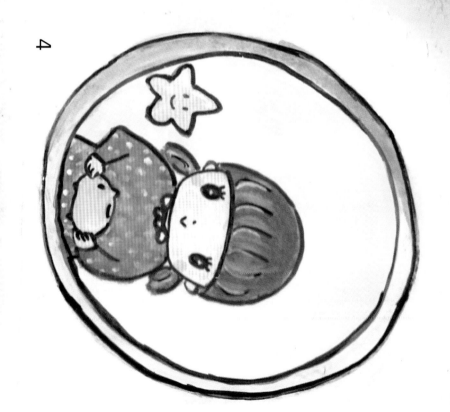

4

她很珍惜最後的第三個願望，一直放在心中

後來她看到很多貧困的孩子，缺乏教育資源，心中非常不捨。

5

所以，她許下第三個願望：
要賺一百萬做公益，幫助需要幫助的人。

她的家境清寒，爸媽常要到廟前街擺攤，過年前讓她在北港朝天宮前叫賣：「來買氣球來喔，來買氣球！」

接近中午時，她的肚子很餓，卻沒有東西吃；隔壁攤的烤大餅香味陣陣飄來，她好想吃卻沒有錢買。

7

就在稍微分心時，手上整串的氣球飛走了，她也因此哭了出來。

貴氣球的費用要用來過車，還要給爺爺奶奶、外公外婆的壓歲錢。氣球飛走了，沒錢怎麼辦？

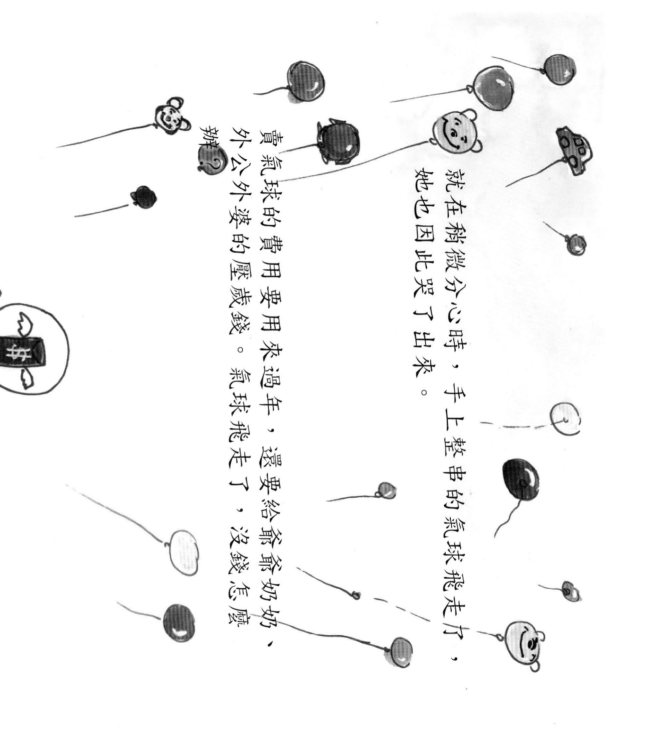

8

在附近的沈媽媽跑過來，沒有責備她，反而帶她到廟裡向媽祖許願。

9

「如果老天給我們一口飯吃，芯芠若長大後會用愛來幫助別人。」爸媽再湊錢補貼，買了氫氣氣球交給她，她抓緊氣球更奮力叫賣，因此賣了更多的氣球，而答應媽祖用愛助人的心願，也在她的心中萌始明芽。

後來她在學校每週有一堂40分鐘的電腦課，恣意對電腦產生興趣，也想買一台電腦，家境報困的沈典珊多年的王珊典當的王媽媽把珍藏多年的部二手電腦給她。

她非常感動，告訴自己要善用電腦，不可以用來聊天、玩遊戲，並要用電腦幫助別人。

11

她的阿公種了很多文旦賣不出去，文旦堆積如山，讓爸媽很捨不得與煩惱。

小學四年級的她，想到可以用電腦傳送電子郵件和架網站，向許多公司推銷，幫阿公賣出三萬多斤的文旦，也讓爸爸感受到網路強大的力量。

持續至今，十八年來幫鄰里賣了兩百多萬斤農產。

emailemailemail
emailemailemail
emailemailemail
emailemailemail
emailemail

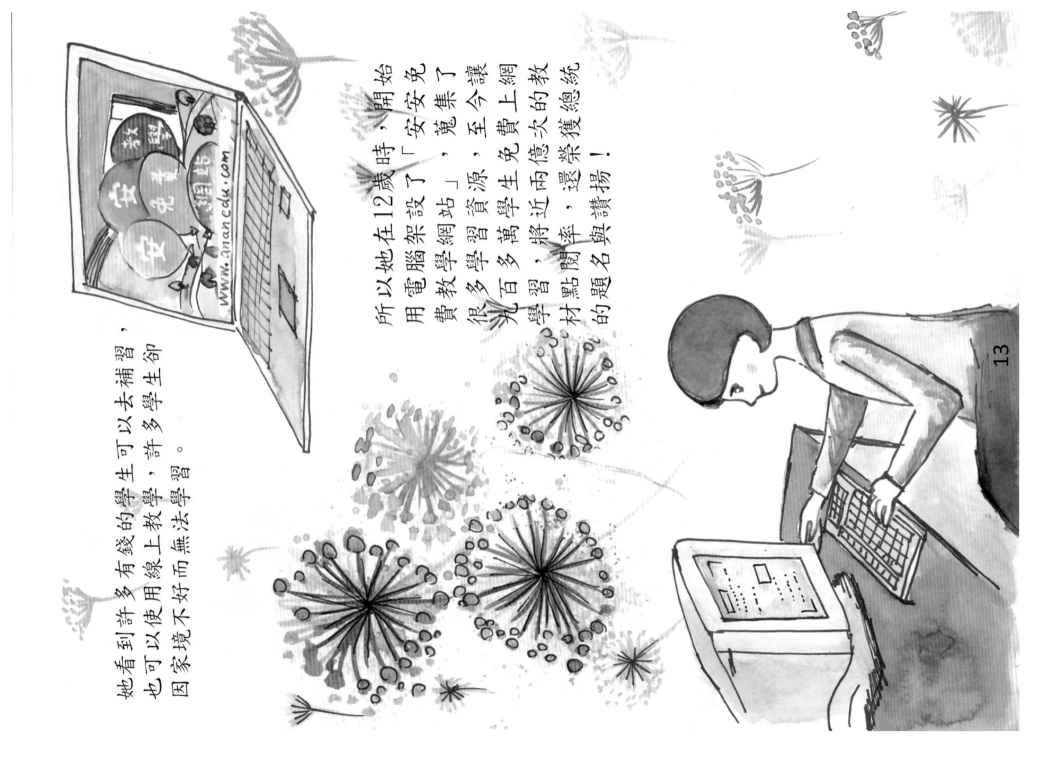

所以她在12歲時,開始用電腦架設網站「安安免費教學網站」,蒐集至今讓很多學習資源,讓學生免費學習,將近兩億次的教學光百多萬學習,還榮獲總統材點閱率,的題名與讚揚!

她看到許多有錢的學生可以去補習,也可以使用線上教學,許多學生卻因家境不好而無法學習。

www.anancedu.com

安 免 教 學

安安免費

13

她又開辦了「陽光世代英語免費教學營」、「福爾摩沙青少年創作獎」，提供學生更多免費學習和展現藝術才能的機會，也贈送1600多台電子辭典至原鄉部落學生，並和眼科醫師合作，讓資困的學童可以優惠的價格配戴眼鏡幫助學習。

因用心與努力，獲頒「Formosa女兒獎」和「總統教育獎」。

14

她熱心助人的故事，受到越來越多人的關注和肯定，連許多的電視台和報紙也製作專題報導。

希望她的精神，讓更多貧困者奮發向上，也發揮愛心助人。

15

在許多老師和好朋友的鼓勵下，她把一些活動中的感想，出版成一本書：《100萬的願望》，這本書也讓這些勵志與熱心助人的故事，傳到更遠的地方，讓更多人受到感動。

長年致力於「提昇人的品質，建設人間淨土」的法鼓山聖嚴法師，也受到她的感動，因此在書中寫下序文說：「她為苦人家的孩子樹立了突破現狀的好榜樣」、「不論是出生在貧賤富貴的那一種家庭，都會走出光明遠大的路來。」

從小女孩逐漸長大，她考上台大博士，也從美國哈佛大學商學院畢業。還被歷任三位總統表揚，公益事蹟更被收錄在18本教科書。

她受邀到各地演講，告訴大家，成功不是打敗多少人，而是幫助多少人；如何用生命感動生命、用愛引發更大愛的力量。

演講受到熱烈的肯定，也感動了許多人。

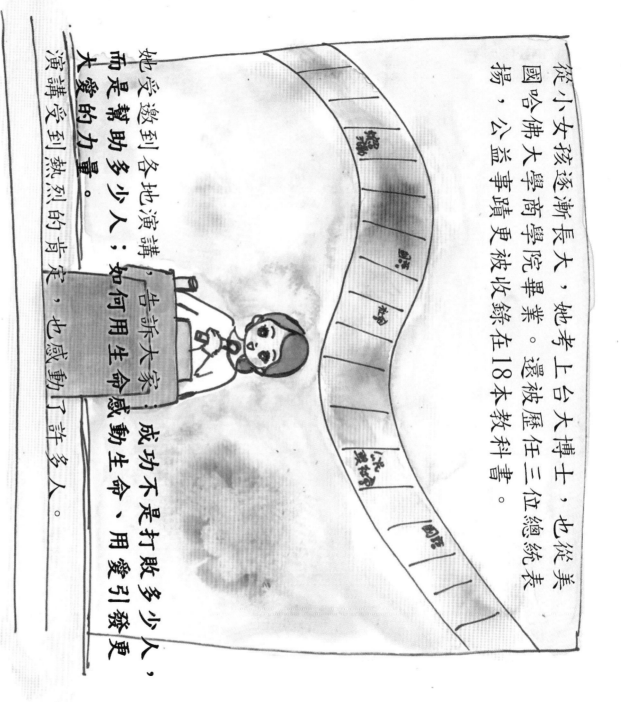

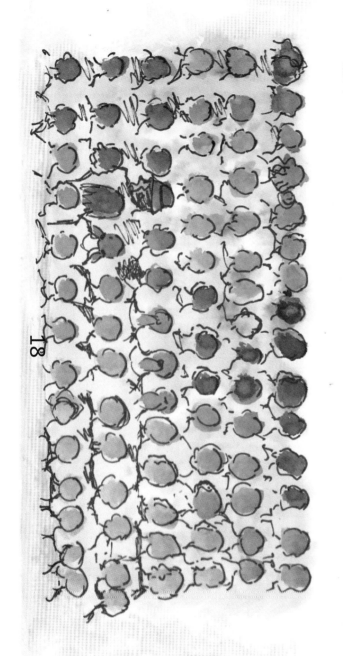

18

她也發現偏鄉的孩子，面對親子溝通、人際關係、課業壓力、生涯規劃等難題，很少有紓解管道而慎誤入歧途。芯菱姐姐用線上視訊、Email窗口、生命教育課程，引導學生正向思考，自2002年迄今累積超過一萬兩千小時線上輔導、兩萬六千封通信，她成為孩子信任的學習夥伴。

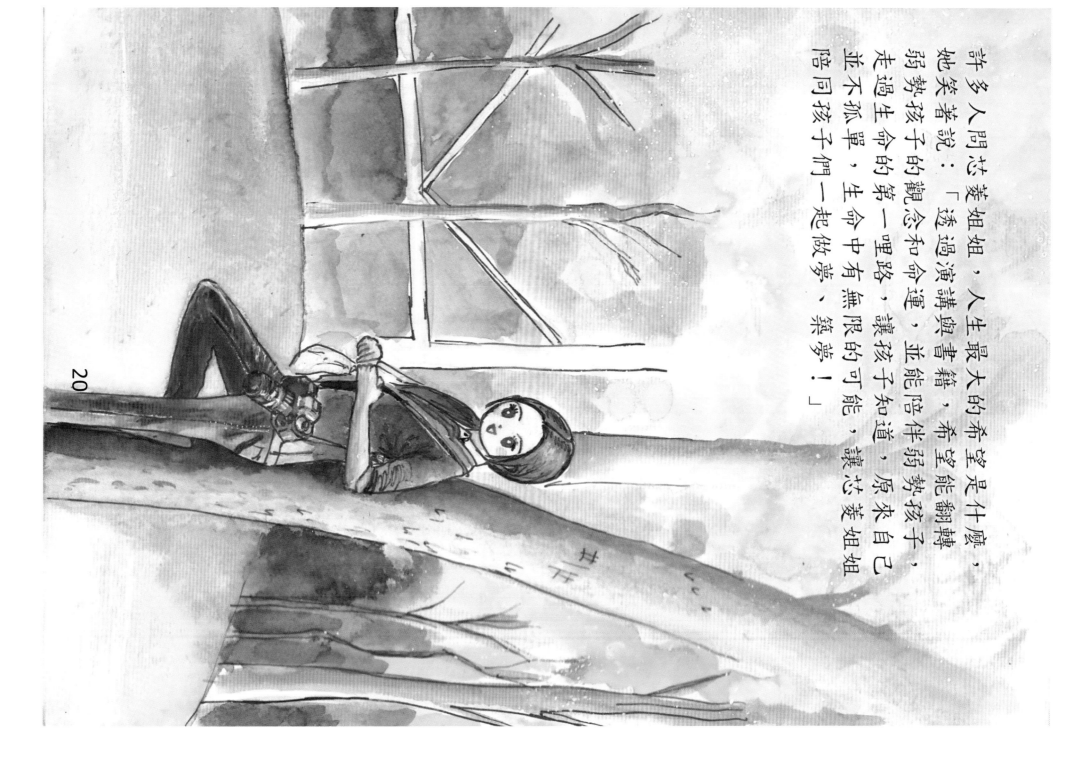

許多人問芯萎姐姐，人生最大的希望是什麼，
她茶著說：「透過演講與書籍，希望能翻轉
弱勢孩子的觀念和命運，並能陪伴弱勢孩子，
走過生命的第一哩路，讓孩子知道，原來自己
並不孤單，生命中有無限的可能，讓芯萎姐姐
陪同孩子們一起做夢、築夢！」

作者簡介

林文芸

臺北市立第一女子高級中學學生
101年全國學生美展漫畫類國小中年級組全國特優
103年第12屆Formosa 女兒獎
105年文學小綠芽獎
106年愛讓世界轉動特優獎
106年保德信青少年志工菁英獎
106年台北市服務學習優等獎
106年台北市學校優秀青年代表
106年全國慈孝家庭楷模
106學年度表現傑出市長獎

林彥宇

臺北市立建國高級中學學生
104年中央廣播電台兒童大使
106年愛讓世界轉動特優獎
106年保德信青少年傑出志工全國菁英獎
106年台北市服務學習優獎
106年龍顏額FUN書獎全國第五名
106年台北市教育局局長獎
106年臺北市文山區仁義慈孝楷模
107年台北市學校優秀青年代表
107年教育部總統教育獎的奮發向上優秀學生獎

黃卉欣 Claire Huang

* 實踐大學應用外語系畢業
* 德國應用科技大學（FH Würzburg）主修IMBA(國際企管碩士)
目前旅居德國為一位業餘藝術家，舉辦多次個展及聯展，目前與德國飯店(zum Benediktiner)長期合作，展出個人作品。
除繪畫外，也熱愛音樂，擅長鋼琴與長笛。